Audrey Wood / Don Wood
*La casa durmiente*

LATA de SAL

Título original: *The Napping House*
Publicado por acuerdo con Houghton Mifflin Harcourt Publishing Company
© del texto: Audrey Wood, 1984
© de las ilustraciones: Don Wood, 1984

© de esta edición: Lata de Sal, 2016

www.latadesal.com
info@latadesal.com

© de la traducción: Mariola Cortés Cros
© del diseño de la colección y la maquetación: Aresográfico

ISBN: 978-84-944698-3-1
Depósito legal: M-1346-2016
Impreso en China

En las páginas interiores se ha usado
papel semimate FSC de 157 g
y se ha encuadernado en cartoné plastificado mate,
en papel FSC de 128 g sobre cartón de 2,5 mm.
El texto se ha escrito en Eames Century Modern.
Sus dimensiones son 228 × 254 mm.

Y a Chasis y a Logan les encantan las siestas.

Para Maegerine Thompson Brewer

# LA CASA DURMIENTE

Audrey Wood    Don Wood

LATA de SAL

*Vintage*

Existe una casa,
una casa durmiente,
donde todo el mundo duerme.

Y dentro de esa casa
hay una cama,
una cama mullida
dentro de una casa durmiente,
donde todo el mundo duerme.

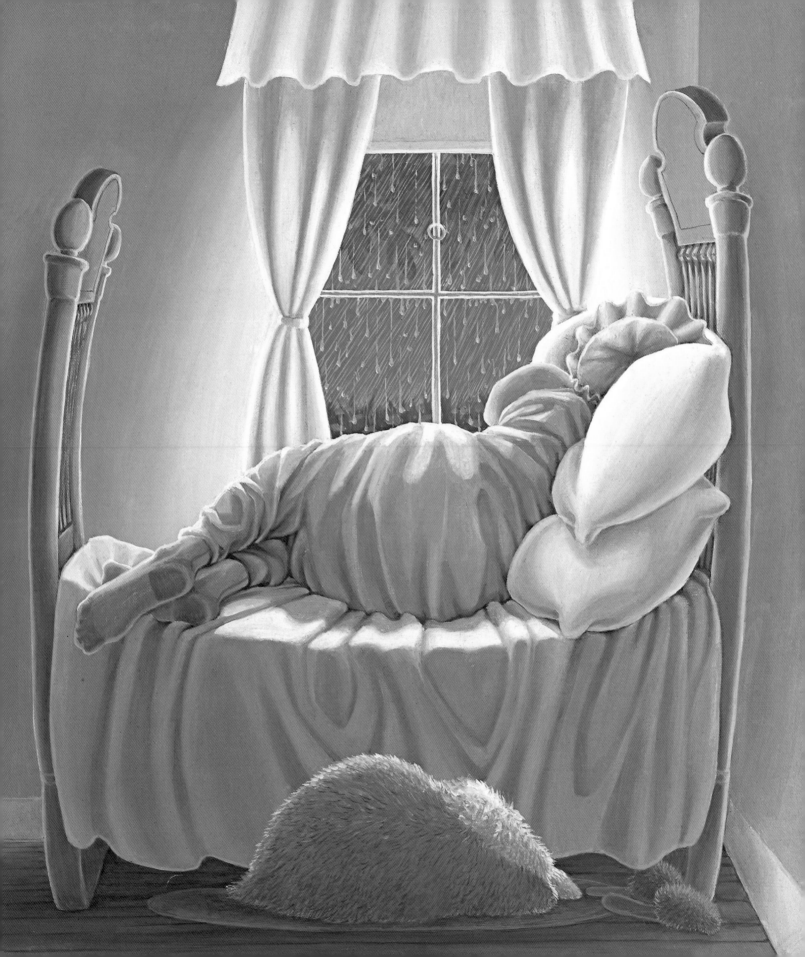

Y en esa cama
hay una abuela,
una abuela que ronca
en una cama mullida
dentro de una casa durmiente,
donde todo el mundo duerme.

Y sobre esa abuela
hay un niño,
un niño que sueña
sobre una abuela que ronca
en una cama mullida
dentro de una casa durmiente,
donde todo el mundo duerme.

Y sobre ese niño
hay un perro,
un perro que descansa
sobre un niño que sueña
sobre una abuela que ronca
en una cama mullida
dentro de una casa durmiente,
donde todo el mundo duerme.

Y sobre ese perro
hay un gato,
un gato que reposa
sobre un perro que descansa
sobre un niño que sueña
sobre una abuela que ronca
en una cama mullida
dentro de una casa durmiente,
donde todo el mundo duerme.

Y sobre ese gato
hay un ratón,
un ratón adormecido
sobre un gato que reposa
sobre un perro que descansa
sobre un niño que sueña
sobre una abuela que ronca
en una cama mullida
dentro de una casa durmiente,
donde todo el mundo duerme.

Y sobre ese ratón
hay una pulga...

¿Será posible?
Una pulga bien despierta
sobre un ratón adormecido
sobre un gato que reposa
sobre un perro que descansa
sobre un niño que sueña
sobre una abuela que ronca
en una cama mullida
dentro de una casa durmiente,
donde todo el mundo duerme.

Una pulga bien despierta
que pica al ratón,

que asusta al gato,

que araña al perro,

que cae sobre el niño,

que tropieza con la abuela,

que rompe la cama,

dentro de la casa durmiente,
donde ya no duerme nadie.

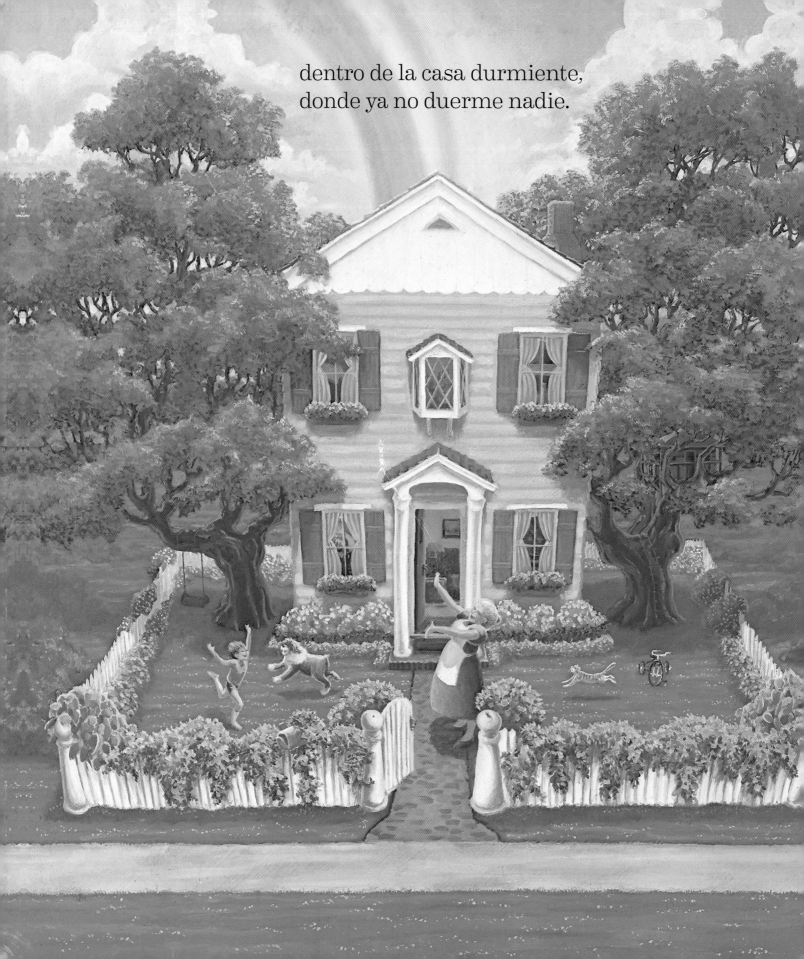